너를 생각하는 것이 나의 일생이었지

• 정채봉 20주기를 맞아 그가 남긴 산문시를 추가한 개정증보판입니다.

너를 생각하는 것이 나의 일생이었지

정채봉 시집

샘터

나는 작은 성을 가지길 원했다.

돌로 쌓은 성이 아니라 꽃으로 둘러싼 성을.

진달래와 해바라기와 접시꽃과 코스모스 같은

키 큰 꽃나무 사이 사이로 제비꽃이며

민들레며 채송화 금잔화가 촘촘히 들어서고

나팔꽃과 메꽃이 다른 꽃나무를 타고 올라가

사이좋게 꽃을 피우는 그런 아름다운 성을 바랐었다.

그러나 이제 이만큼 와서 돌아보니

꽃보다도 잡초가 더 무성하고

눈물 묻은 조약돌과 더러는 피가 묻은 사금파리도 보이는

내 작은 성이 되어 가고 있다.

허물어 버리고 싶은 마음이지만

그동안의 내 발자국인 것을 어떡하랴.

부끄러움을 무릅쓰고

미완성인 내 작은 성의 빗장을 연다.

정채봉

차례

서문

첫길 들기

잠자리에서 일어나면, 먼저 창을 열고 푸른 하늘빛으로
눈을 씻는다.
새 신발을 사면 교회나 사찰 가는 길에
첫 발자국을 찍는다.
새 호출기나 전화의 녹음은 웃음소리로 시작한다.
새 볼펜의 첫 낙서는 '사랑하는'이라는 글 다음에
자기 이름을 써본다.
새 안경을 처음 쓰고는 꽃과 오랫동안 눈맞춤을 한다.

슬픈 지도

사랑하는가?
눈물의 강이
어디로 흐르는지
슬픈 지도를 가지게 될 것이다

들녘

냉이 한 포기까지 들어찰 것은 다 들어찼구나
네 잎 클로버 한 이파리를 발견했으나 차마 못 따겠구나
지금 이 들녘에서 풀잎 하나라도 축을 낸다면
들의 수평이 기울어질 것이므로

생명

비 갠 뒤
홀로 산길을 나섰다
솔잎 사이에서
조롱조롱
이슬이 나를 반겼다
"오!" 하고 나도 모르게
손뼉을 쳤다
그만 이슬방울 하나가
톡 사라졌다

길상사

다닥다닥 꽃눈 붙은 잔 나뭇가지를

길상사 스님께서 보내주셨습니다

퇴근하면서 무심히 화병에 꽂았더니

길상사가 진달래로 피어났습니다

엄마

꽃은 피었다

말없이 지는데

솔바람은 불었다가

간간이 끊어지는데

맨발로 살며시

운주사 산등성이에 누워 계시는

와불님의 팔을 베고

겨드랑이에 누워

푸른 하늘을 바라본다

엄마……

수도원에서

어떠한 기다림도 없이 한나절을
개울가에 앉아 있었네
개울물은 넘침도 모자람도 없이
쉼도 없이 앞다투지 않고
졸졸졸
길이 열리는 만큼씩 메우며 흘러가네
미움이란
내 바라는 마음 때문에 생기는 것임을
이제야 알겠네

사과

처음에는
하찮은 작은 돌멩이였던 것이
미룰수록 점점 커진다
그리하여 나중에는 그 사람과의
통로를 막아 버리는 바위가 된다

수건

눈 내리는 수도원의 밤
잠은 오지 않고
방 안은 건조해서
흠뻑 물에 적셔 널어놓은 수건이
밤사이에 바짝 말라버렸다
저 하잘것없는 수건조차
자기 가진 물기를 아낌없이 주는데
나는 그 누구에게
아무것도 주지 못하고
켜켜이 나뭇가지에 쌓이는
눈송이도 되지 못하고

너를 생각하는 것이 나의 일생이었지

모래알 하나를 보고도

너를 생각했지

풀잎 하나를 보고도

너를 생각했지

너를 생각하게 하지 않는 것은

이 세상에 없어

너를 생각하는 것이

나의 일생이었지

벽돌 같은 사랑

모래만으로 벽돌은 되지 않는다
시멘트만으로도 되지 않는다
모래와 시멘트가 섞이고 물 또한 있어서 버무려져야
비로소 강한 벽돌이 된다
날씨도 청명한 나날만으로 연속되지 않는다
흐린 날도 있고 눈비 오는 날,
바람 부는 날도 있다
사랑도 좋음도 시련이 섞이고
눈물 또한 있어서 버무려진 것이야말로
말발굽에도 깨지지 않는다

신발

이른 아침에

수술실로 향하는 밀차에 누워

창가에 어른거리는 햇살을 보고 있었다

곁에는 어린 딸이 어디 소풍이라도 가는 양

졸졸 내 뒤를 따르고 있었다

내가 금방 수술을 마치고 나와

신발을 찾을 줄 알고

그 단풍잎 같은 손에 슬리퍼 한 짝을 들고 있었다

아빠는 한동안 신발을 신을 필요가 없을 거예요

빨리 갖다 두고 와요

나는 여전히 밀차에 누운 채

수술실로 가는 복도 한켠에 잠시 멈추어 서서

간호사가 딸에게 하는 말을 들었다

급한 걸음으로 소리를 요란하게 내며

딸이 내 곁을 떠나가자

나는 마음속으로 고요히 되뇌어 보았다

어쩌면

영원히 신발을 신을 수 없게 될지도 몰라

노을

빈 배를 보다
외다리로 서 있는 물새를 보다
갈대가 소리 없이 흔들리는 것을 보다
섬은 아득히 멀고
뻘 위에 게 한 마리 썰물 소리를
집게발에 매달고 서 있다
저들 눈에
나 홀로 있는 것도 들켰는가
붉은 노을이 뜬다

빈터

풀잎 기우는
소리조차 듣는 것은
널 향한 내 가슴이
빈터이기 때문

참깨

참깨를 털듯 나를 거꾸로 집어 들고
톡톡톡톡톡 털면
내 작은 가슴속에는 참깨처럼
소소소소소 쏟아질 그리움이 있고
살갗에 풀잎 금만 그어도 너를 향해
툭 터지고야 말
화살표를 띄운 뜨거운 피가 있다

나그네

집에 있어도 집에 가고 싶다
함께 있어도 함께 있고 싶다
떠나지 않아도 떠나온 것 같은
해 질 무렵

술

내가 미워서

술을 마셨다

내가 다시 불쌍해

술을 마셨다

남몰래

울며 잠든

밤이 많았다

세상사

울지 마
울지 마
이 세상의 먼지 섞인 바람
먹고 살면서
울지 않고 다녀간
사람은 없어
세상은
다 그런 거야
울지 말라니까!

통곡

죽음을 막아서는
안타까운 절규
"안 돼!"
온몸을 던져서 막아서는
여인
그러나 죽음은
그 어떤 사정도
명령도 듣지 않고
무표정히
갈 길을 간다

나의 노래

나는 나를 위해 미소를 띤다
나는 나를 위해 노래를 불러 준다
나는 나를 위해 꽃향기를 들인다
나는 나를 위해 그를 용서한다
나는 나를 위해 좋은 생각만을 하려 한다

피천득

선생님,
제 마음은 상처가 아물 날이 없습니다
정 선생,
내가 내 마음을 꺼내 보여 줄 수 없어서 그렇지
천사의 눈으로 내 마음을 본다면
누더기 마음입니다

어느 가을

물 한 방울도
아프게 해서는 안 된다고 생각하며
잠자리에 듭니다
내일 아침에는
새하얀 서리가 왔으면 좋겠습니다

화가 난 기분이 일깨워 주는 것들

누구나 남에게 보이고 싶지 않은
'자신의 기분'이란 게 있기는 하지요
이를테면, '화가 치미는 기분' 같은 거 말이에요
하지만 화를 낸다는 게
항상 나쁜 것만은 아니랍니다
누군가가 당신이 소중히 여기는 것을 깨뜨렸을 때,
당신이 화를 내는 것은 당연한 일이지요
그럴 때 당신은 문득 알게 될 겁니다
남이 당신에게 해주기를 바라는 것이 무엇인지
당신이 옳다고 생각하는 것이 무엇인지
당신이 소중히 여기는 것은 무엇인지를 말이에요
'화가 난 기분'은

자신이 누구이며

무엇을 좋아하고 무엇을 싫어하는지

어떤 생각과 느낌을 가진 사람인지를

일깨워 주는 것이지요

엄마가 휴가를 나온다면

하늘나라에 가 계시는
엄마가
하루 휴가를 얻어 오신다면
아니 아니 아니 아니
반나절 반 시간도 안 된다면
단 5분
그래, 5분만 온대도 나는
원이 없겠다
얼른 엄마 품속에 들어가
엄마와 눈맞춤을 하고
젖가슴을 만지고
그리고 한 번만이라도

엄마!

하고 소리내어 불러 보고

숨겨 놓은 세상사 중

딱 한 가지 억울했던 그 일을 일러바치고

엉엉 울겠다

아기가 되고 싶어요

날이면 날마다 엄마가 보이지 않으면
마구마구 울어서 엄마하고만 있겠습니다
할머니가 어르면 그 어름보다도 더 많이
까르르까르르 웃겠습니다
도리도리 짝짜꿍 진진진을 신나게 하겠습니다
자장자장 자장가를 불러주면 다디달게
콧물을 쬐금 내놓은 채로 잠을 자겠습니다
아기 꿈나라에 오는 천사들을
꼭 기억해 놓겠습니다

고드름

개울가
바위틈에 돋은 고드름을 따서
입을 헹군다
내 얼굴에
눈 코 입 귀가 새로 생긴다

바보

잠든 아기를 들여다본다
아기가 자꾸 혼자 웃는다
나도 그만 아기 곁에 누워 혼자 웃어 본다
웃음이 나지 않는다
바보같이
바보같이
웃음이 나지 않는다

샛별

고요히 한강을 건너는
전철의 맑은 불빛을 오래도록 바라본다
아직 샛별은 스러지지 않았다
전철을 타러 부지런히 강둑 위를 걷는 사람들의
어깨 위로 별빛이 잠시 앉았다 간다
전철을 탈 수 있다는 것만으로도 행복이라고
샛별에게 눈인사를 하고 자리에 눕는데
간호사가 또 내 피를 뽑으러 온다
내 피야 미안하다
나를 사랑했던 내 피야 잘 가라
나를 용서하고
저 새벽별의 피가 되어 쉬어라

중환자실에서

탁자 위

맑은 유리컵에 담긴

물이 자꾸 먹고 싶어

입을 벌리다가

나는 내 육신이 불쌍해졌다

주인을 잘못 만나

이 무슨 고생인가

나는 내 육신에게 진정 사과했다

미안하다

미안하다

미안하다

노란 손수건

병실마다 밝혀 있는 불빛을 본다
환자들이 완쾌되어 다 나가면
저 병실의 불들은 꺼야 하겠지
감옥에 죄수들이 없게 되면
하얀 손수건을 건다든가
병실에 환자들이 없게 되면
하늘색의 파란 손수건을 걸까
아니,
내 가슴속 미움과 번뇌가
다 나가서 텅 비게 되면
노란 손수건을 올릴까 보다

면회 사절

오지 마라

오지 마라

오지 마라

내 이대로 너를

사모하게 하라

내 이대로 죽음을 맞이하면

나의 수의는 너의 사랑

한 벌이면 된다

아직은 절망하기 싫다

아직은 소유하고 싶다

면회 사절을 할 수 있는 것도

살고 싶기 때문이다

꿈길밖에는 길이 없다고

하지 마라

나는 지금 너에게로 가는

출구를 모색하고 있다

아멘

자기한테는

자기를 키우는 에너지도 있지만

자기를 망하게 하는 에너지도 있다

자기한테는

자기를 아름답게 하는 선행도 있지만

자기를 더럽게 하는 악행도 있다

유대의 지성 위젤은

자기를 혀로 핥아 가면 맨 마지막에는

독에 이른다고 했다

하느님

나의 독이 나타나기 전 절 데려가 주세요

아멘

눈 오는 한낮

너 그립지 않다
너 보고 싶지 않다
마음 다지면 다질수록
고개 젓는 저 눈발들……

내 안의 너

내 키의 머리 끝자리까지
내 몸무게의 소수점 끝자리까지
가득가득 차서
출렁거리는
내 안의 너

기다림

산사의 돌확에
물이 넘쳐서
포갠 하늘조차
넘쳐 흐르네
너를 기다리는
지금

사랑을 위하여

사랑에도
암균이 있다
그것은
의심이다
사랑에도
항암제가 있다
그것은 오직
믿음

나무의 말

소녀가 나무에게 물었다

"사랑에 대해 네가 알고 있는 것을 들려 다오"

나무가 말했다

"꽃 피는 봄을 보았겠지?"

"그럼"

"잎 지는 가을도 보았겠지?"

"그럼"

"나목으로 기도하는 겨울도 보았겠지?"

"그럼"

나무가 먼 산을 바라보며 말했다

"그렇다면 사랑에 대한 나의 대답도 끝났다"

그리움 나무

모든 이파리는 귀다

그리운 이의 발부리 걸음조차도

놓치지 않으려는

귀돋음

미세한 바람 한 점도 놓치지 않았으나

화답은 메아리인 양 멀기만 해

누가 사랑을 소유한다 하였는가

하늘로 한 켜씩 그리움만 재일 뿐이지

오늘도 그리움 나무는

푸른 귀가 단풍 들고

낙엽 되어 떨어져

이제 귀 없는 얼굴로

눈을 맞고 서서

그래도 그리움을 포기하지 않고

안으로 안으로

흐르는 수액 속에서

새 귀를 키운다

수혈

가을 새벽녘
찬바람이 느껴져
방 윗목의 홑이불을 잡아당긴다
아무리 힘주어 끌어당겨도
당겨지지 않아
일어나 가까이 다가가 본다
그것은 창을 넘어와 있는
새벽 달빛
문득 달빛 속으로 팔을 내민다

지금

내가 있는 나인가

내가 없는 나인가

해 질 무렵

바람에 몸을 씻는 풀잎처럼
파도에 몸을 씻는 모래알처럼
당신의 눈동자 속에서 나를 헹구고 싶다
지금은 해 질 무렵

그때 처음 알았다

참숯처럼 검은
너의 눈동자가 거기 있었다
눈을 뜨고도 감은 것이나 다름없었던
그믐밤 길에
나에게 다가오던 별이 있었다
내 품안에 스러지던 별이 있었다
지상에도
별이 있다는 것을
그때 처음 알았다

별

암자에 산그리메가 둘러쌀 무렵
스님이 건네주는 찬물 한 바가지를 받았다
물을 마시다 보니 그 안에 별 하나가 있었다
작은 바가지의 물이 사라지자 별도 사라졌다
나는 간혹 사무치도록 쓸쓸할 때면
가슴에 떠오르는 별 하나를 본다

생선

생선이

소금에 절임을 당하고

얼음에 냉장을 당하는

고통이 없다면

썩는 길밖에

썩어 쓰레기통에

버려지는 길밖에

괴로운 기분이 들 때

'괴로운 기분'은 괴롭더라도
그대로 받아들이는 것이 좋습니다
왜냐하면, '괴로운 기분'을
무시하고 눈을 감아 버리거나,
억지로 눌러 버리려고만 한다면,
언제까지나 언제까지나
그런 '괴로운 기분'은
사라지지 않기 때문이지요
괴로운 기분도 자신의 것으로
받아들이고 껴안을 때
당신은 당신 자신을 사랑할 수 있을 거예요
그것이 당신의 성장입니다

인연

나는 없어져도 좋다
너는 행복하여라
없어진 것도 아닌
행복한 것도 아닌
너와 나는 다시 약속한다
나는 없어져도 좋다
너는 행복하여라

물가에 앉아서

나 오늘 물가에 앉아서
눈 뜨고서도 눈 감은 것이나 다름없이 살았던
지난날을 반추한다
나뭇잎 사운대는 아름다운 노래가 있었고
꽃잎 지는 아득한 슬픔 또한 있었지
속아도 보았고 속여도 보았지
이 한낮에 나는
마을에서 먼 물가에 앉아서
강 건너 먼데 수탉 우는 소리에
귀 기울이고 있다
나처럼 지난 생의 누구도 물가에 앉아서
똑같은 지난날을 돌아보며

강 건너 먼데 수탉 우는 소리에

귀 기울였을 테지

나처럼 또 앞 생의 누구도 이 물가에 앉아서

강 건너 수탉 우는 소리에

회한의 한숨을 쉬게 될까

바람이 차다

물새가 되리

내가 죽어서

다음 몸을 받는다면

물새가 되겠다

흙한테는 미안하지만

물에서 하루치를 벌어

하루를 사는

단순한 노동자가 되고 싶다

내일을 걱정하지 않는

오늘의 작은 만족에 훨훨 날며

비록

겨울날 맨발로 얼음 위를 걸으며

부리로 얼음을 쪼지만

그 누구를 원망도 시기도 하지 않는
하얀 물새가 되고 싶다
그리움이야 멀리 바라보며 피우는 꽃
강 건너 흙마을 사람들을
바라보는 것만으로도 사랑하는 나는
죽어서 다음 몸을 받는다면
기꺼이
물새가 되겠다

나는 내가 싫다

그 뜨거운 사랑도

이렇게

숯처럼 식어져 버리다니

그 피맺힌 원한도

이렇게

꺾인 나뭇가지처럼 시시해져 버리다니

그 별것 아닌 그대가

이렇게

들꽃처럼 별의 것이다니

가시

장미나무에

숯불덩이 같은 꽃이 얹히는

아카샤나무에

팝콘 같은 꽃이 확 퍼져 있는

찔레나무에

아기 손톱 같은 꽃이 앙증스럽게 손짓하는

오월

나의 나무는

꽃은 없고

가시만 돋아

꿈

눈이 온 세상을 덮었다

초가지붕 처마에는

고드름이 주렁주렁 매달려 있다

청량한 하늘을 울리며

작은 종소리가 들려오는 오솔길

네 언 손을 호주머니에 넣고 걷다가

문득 사라지고 없는 너를

한평생 찾다가

꿈을 깬다

창 밖은 비

그칠 줄 모르는

유월 장맛비

바다에 갔다

바다에 가서 울고 싶어

결국 바다에 갔다

눈물은 나오지 않았다

할머니 치맛자락을 꼭 붙들고 서 있는 것처럼

그냥 하염없이

바다만 바라보고 있었다

영덕에서

푸른 바다를 보고 있다가
눈물이 쏟아질 것 같아서
얼른 하늘로 고개를 젖혔다
아,
하늘 역시도 푸르구나
내 눈물도 푸를 수밖에 없겠다

밀물

나는 썰물이 아니다
밀물이다
수평선 너머로 끌려만 가는
지느러미처럼 끌려만 가는
썰물이 아니다
밀물이다

해당화

세상의
푸르름을 다 거두어들인
바다한테도 슬픔이 있어
한 송이 꽃을 피웠다

나의 기도

아직도 태초의 기운을 지니고 있는

바다를 내게 허락하소서

짙푸른 순수가 얼굴인 바다의

단순성을 본받게 하시고

파도의 노래밖에는 들어 있는 것이 없는

바다의 가슴을 닮게 하소서

홍수가 들어도 넘치지 않는 겸손과

가뭄이 들어도 부족함이 없는

여유를 알게 하시고

항시 움직임으로 썩지 않는 생명

또한 배우게 하소서

하늘

물은 낮은 데로 흐른다
진리도 낮은 데로 흐른다
하늘이 높은 데 걸린 것은
최고의 낮은 터이기 때문

공동묘지를 지나며

누구의 무덤인가

빛바랜 신문지 하나

활짝 웃는 얼굴들이 누렇게 떴다

그 위에 놓인 종이잔

빈 새우깡 봉지

종이잔에 남아 있는

소주인지 빗물인지

흰구름 한 점 맴돈다

알

지구는 알이다

사랑이 낳은

알

그래서 모든 사랑의 알들은

둥글다

지구처럼

꽃밭

하늘나라 거울로 본다면

지금 내 가슴속은

꽃으로 만발해 있을 것이다

너를

가슴 가득 사랑하고 있으니……

버섯

한 송이
아름다운 독버섯을 본다
얼마나 내밀한 상사였기에
저렇게
아름다운 유혹으로 피어났는가
한 송이
우직한 송이버섯을 본다
얼마나 가식에 지쳤기에
저토록
진솔한 부분만으로 일어섰는가

흰 구름

오는 줄 모르고
오고
가는 줄 모르고
가고
천천히
바래어져 버린
나의 사랑

바다가 주는 말

인간사 섬바위 같은 거야
빗금 없는 섬바위가 어디에 있겠니
우두커니 서서
아린 상처가 덧나지 않게
소금물에 씻으며 살 수밖에

몰랐네

시원한 생수 한 잔 주욱 마셔 보는 청량함
오줌발 한 번 좔좔 쏟아 보는 상쾌함
반듯이 천장을 바라보고 누워 보는 아늑함
딸아이의 겨드랑을 간지럽혀서 웃겨 보고
아들아이와 이불 속에서 발싸움을 걸어 보고
앞서거니 뒤서거니 엉클어져서 달려 보는
아, 그것이 행복인 것을
예전에는 미처 몰랐네
이 하잘것없는 범사에 감사하라는
깊고도 깊은 말씀을
예전에는 미처
몰랐네

꽃잎

새한테 말을 걸면

내 목소리는 새소리

꽃한테 말을 걸면

내 목소리는 꽃잎

행복

행복의 열쇠는

금고를 여는 구멍과 맞지 않고

마음을 여는 구멍과 맞는다

무지개

첫눈이 들던 날
받아먹자고 입 벌리고 쫓아다녀도
하나도 입 안에 들지 않아
울음 터뜨렸을 때
얘야,
아름다운 것은 쫓아다닐수록
잡히지 않는 것이란다
무지개처럼
한자리에 서서
입을 벌리고 있어 보렴
쉽게 들어올 테니까
나이 오십이 되어

왜 그날의 할머니의 타이름이

새삼 들리는 것일까

고요한 밤 거룩한 밤

복스러운 아기가 검불 속에
새근새근 잠들어 있다
그 아기 머리 옆에 얼굴 곁에
겨드랑이에 발부리께에
너도 나도 끼어들어서 잠들어 있다
아기호랑이 아기곰 아기사슴
아기늑대 아기토끼 아기돼지 아기양
아기뱀조차도

그땐 왜 몰랐을까

바라보는 것만으로도
행복이었던 것을
그땐 왜 몰랐을까
기다리는 것만으로도
내 세상이었던 것을
그땐 왜 몰랐을까
절대 보낼 수 없다고
붙들었어야 했던 것을
그땐 왜 몰랐을까

새 나이 한 살

한 살
새 나이 한 살을
쉰 살 그루터기에서 올라오는
새순인 양 얻는다
썩어 문드러진 헌 살 헌 뼈에서
그래도 남은 힘이 있어
올라온 귀한 새싹
어디 몸뿐이랴
시궁창 같은 마음 또한 확 엎어 버리고
댓잎 끝에서 떨어지는 이슬 한 방울 받아
새로이 한 살로 살자
엉금엉금 기어가는 아기

아무것도 지니지 않은 벌거숭이

그 나이 이제

한 살

더 늦기 전에

당신의 눈은 말합니다
잃은 본전을 찾을 생각에 머물러 있다면
차라리 눈을 감아 주십시오
지금 손해에서 끝나는 것이
송두리째 망하는 것을 막는 길입니다

당신의 코는 말합니다
뜨거운 김이 나오고 있는 지금이라면
숨을 길게 들이쉬어 주십시오
지금을 참지 못하여 저지른 일이
평생 고통의 바다에서 헤매게 합니다

당신의 입은 말합니다

다른 사람을 훼손시키는
말어 나오고 있으면
다무십시오
하늘에 침을 뱉을 때처럼
메아리가 되어 돌아와
당신 또한 훼손시킬 테니까요

당신의 귀는 말합니다
음모를 듣고 있다면
복수극을 듣고 있다면
당장 털어 버리십시오
진리에, 행복한 소리에 고파 있지
쓰레기를 먹고 싶어 하는

귀가 아니니까요

당신의 손은 말합니다
쾌락에 이용하고 있다면 사과하십시오
생산을 바라지
저질 일을 바라는 것은 아니니까요

당신의 발은 말합니다
길이라고 하여 다 길은 아닙니다
똥개는 구린내를 따르듯
똥개의 길을 가는 발길은
인간의 발이 아니니까요

오늘

꽃밭을 그냥 지나쳐 왔네
새소리에 무심히 응대하지 않았네
밤하늘의 별들을 세어 보지 않았네
친구의 신발을 챙겨 주지 못했네
곁에 계시는 하느님을 잊은 시간이 있었네
오늘도 내가 나를 슬프게 했네

엽신

드릴 말씀이 없네요
한 가지 드릴 말씀이 있다면
아직은 당신과 한 하늘 아래에서
숨을 쉬고 있다는 것뿐

슬픔 없는 사람이 어디 있으랴
— 백두산 천지에서

아!
이렇게 웅장한 산도
이렇게 큰 눈물샘을 안고 있다는 것을
이제야 알았습니다

사랑과 고통을 어루만지는 따뜻한 불빛

정호승(시인)

호승 아우께.

새 천 년을 함께 숨 쉬게 되어 얼마나 은혜로운지 모르겠네. 마음의 평화와 글 농사가 더 잘되는 새해이기를 주님께 기도드리네. 1999년 세밑에.

이 글은 정채봉 형이 그가 낸 에세이집 《눈을 감고 보는 길》을 내게 건네주면서 그 책머리에 써 놓은 글이다. 정말 그랬다. 나는 새 천 년을 채봉 형과 함께 숨 쉬게 되었다는 사실이 그렇게 기쁠 수가 없다.

1998년 11월 어느 날이었다. 창 너머로 멀리 가을 산을 바라보고 있는데 형한테서 전화가 걸려 왔다.

"호승아, 나 병원에 입원을 좀 하게 되었는데, 너무 걱정하지 마. 나중에 또 연락할게."

형은 평소와 다름없는 목소리로 몇 마디 짧게 이야기하고는 전화를 끊었다. 나는 형이 나중에 내가 다른 사람을 통하여 입원 사실을 알고 걱정할까 봐 미리 한 전화라고 생각돼, 형의 말대로 아무 걱정도 하지 않고 무심하게 지냈다. 그런데 몇몇 가까운 이들한테 알아보니 그게 아니었다. 형이 간암으로 병원에 입원해 있다는 거였다.

나는 덜컥 내려앉은 가슴을 부여안고 당장 형을 찾았다. 형은 서울아산병원의 한 병실에 입원해 있었다. 입원실 문 앞에 '면회사절' 패찰이 붙어 있었으나 나는 문을 열고 들어갔다. 그리고 그날부터 형이 퇴원할 때까지 두어 달 동안 간병인 역할을 하며 형과 많은 시간을 함께 보냈다. 형은 울지 않았지만 나는 울었고, 형은 회생의 의지가 강했지만 그런 형을 바라보는 나는 약했다.

지금도 잊히지 않는 것은 수술 후 중환자실에 있던 형을 면회 갔을 때의 일이다. 난생처음 들어가 본 중환자실은 죽음의 공기가 냉랭히 감도는 그야말로 '죽음을 기다리는 집'이었다. 형은 온몸에 온갖 의료기기가 연결돼 꼼짝달싹도 하지 못했다. 그런데 그런 고통 가운데서도 뜻밖에 형의 눈빛은 맑고 고요했다. 형은 나중에 다시 입원실로 옮겨지고 나서야 "마치 지옥에서 천국으로 온 것 같다"고 말했는데, 그때 중환자실에서 본

형의 맑고 투명한 눈빛이 지금도 잊히지 않는다.

그리고 또 하나 잊히지 않는 것은 새벽에 입원실에서 형과 함께 바라본 지하철 전동차의 불빛이다. 성내역에서 강변역으로, 혹은 그 반대로 눈 덮인 한강을 가로질러 가는 전동차의 연분홍 불빛을 형과 나는 새벽에 일어나 말없이 바라볼 때가 있었다. 우리는 그때 서로 아무 말도 하지 않았지만, 지하철을 타고 어디론가 갈 수 있다는 것만으로도 큰 행복이며 축복이라는 것을 알 수 있었다.

이렇게 아픈 형 곁에 잠시 머물러 있을 때, 나는 내가 아플 때 내 곁에 머물러 주었던 형의 모습을 떠올렸다. 그때 형은 내게 말했다.

"호승아, 지금 네가 받는 고통이 실타래와 같다고 한번 생각해 봐라. 다 뭉쳐진 실타래는 더 이상 뭉쳐지지 않고 풀릴 일만 남았다. 그러니 너무 힘들어하지 말고 참고 기다려라."

삼십 대 초반에 나는 형의 이 말을 듣고 큰 위안을 받았으며, 고통에 대한 인내의 힘을 기를 수 있었다. 그래서 나도 암세포와 싸우며 잠 못 이루는 형에게 마음속으로 말했다. 이제 형에게도 '실타래'가 풀릴 일만 남았지 더 이상 감길 일은 없다고.

결국 형의 그 '고통의 실타래'는 풀려, 형은 퇴원도 하고 이사도 하게 되었다. 형이 북한산 인수봉 아랫동네인 우이동으로 이사하는 날, 나는 몇 점 이삿짐을 나르다가 형에게 말했다.

"형, 이제 이 집에서 건강도 되찾고, 시도 좀 써서 나랑 공동 시집 한번 냅시다."

나는 내가 한 이 말을 곧 잊어버렸다. 그런데 형은 그 말을 잊지 않고 있었다. 어느 날 메모지에 또는 찢어진 종이 쪽지에 연필이나 볼펜으로 쓴 시 뭉치를 내게 건네주었다. 형은 내 말을 화두로 삼아 잊지 않고 틈날 때마다 아무 종이에나 시를 썼고, 그 시가 묶인 게 바로 형의 첫 시집이자 마지막 시집이 되고 만《너를 생각하는 것이 나의 일생이었지》다.

나는 형의 시를 읽으면서 울고 말았다. 형은 병원에서 아플 때는 정작 울지 않았으면서도 북한산 산그늘에 앉아 시를 쓰면서는 울고 있었다. 다른 시들도 그렇지만 특히 〈엄마가 휴가를 나온다면〉을 읽고 내 가슴은 눈물로 가득 찼다. 얼마나 엄마가 보고 싶었으면 그런 시를 썼을까, 얼마나 삶이 고단했으면 지천명(知天命)의 나이에도 엄마를 부를까 싶어 목이 메었다. 특히 "한 번만이라도/ 엄마!/ 하고 소리 내어 불러 보고/ 숨겨 놓은 세상사 중/ 딱 한 가지 억울했던 그 일을 일러바치고/ 엉엉 울겠다"고 한 부분에서는 그만 내 가슴 밖으로 눈물이 뚝 떨어졌다. '숨겨 놓은 세상사 중 딱 한 가지 억울했던 일'이 무엇인지 나름대로 짐작되지 않는 바도 아니어서 눈물은 좀처럼 그치지 않았다.

형의 엄마는 형을 열여덟 살에 낳고 스무 살에 돌아가셨다. 그래서 형은 엄마의 얼굴도 모른다. 형은 할머니를 엄마라고 생각하고 할머니 품에서 자랐다. "날이면 날마다 엄마가 보이지 않으면/ 마구마구 울어서 엄마하고만 있겠다"고 쓴 시 〈아기가 되고 싶어요〉에는 엄마에 대한 형의 간절한 그리움이 잘 나타나 있다.

형이 이렇게 아기의 심정이 되어 엄마를 간절히 부르게 된 것은 병마를 통해 생(生)과 사(死)를 넘나들었기 때문이다. 형은 그때 이 세상에서 가장 보고 싶은 사람이 엄마였을 것이다. 그때만큼 엄마가 보고 싶을 때가 없었을 것이다. 그래서 결국 시를 통해서나마 엄마를 간절히 불러보았을 것이다.

형이 남긴 단 한 권의 시집 《너를 생각하는 것이 나의 일생이었지》는 삶과 죽음의 세계를 넘나들었던 한 동화 작가의 삶에 대한 통찰의 한 결정체다. 나는 이 시집에서 바닷물이 다 마르고 난 뒤에 남은 소금의 분말을 본다. 염부들은 염전에서 소금이 나는 것을 하늘에서 '소금이 내렸다'고 말한다. 마찬가지로 나도 형의 시들을 '형이 썼다'고 말하고 싶지 않다. '시가 내렸다'고 말하고 싶다.

나는 형의 시에서 인생의 사리가 영롱하게 빛나는 것을 본다. 부젓가락으로 인생의 사리를 한 알 두 알 건져 올리는 형의 경건한 손길을 본다. 그리고 그 사리를 가난한 우리의 입 안에 보리쌀처럼 넣어 주는 형의 아버지 같은 모습을 본다. 말없이 붉은 노을을 바라보며 피리를 부는 형의 침묵을 본다.

형의 시집은 침묵의 언어로 빚어진 '침묵의 시집'이다. 말을 하지 않음으로써 할 말을 다하는, 단 한 번 사랑함으로써 평생을 사랑하는 '사랑의 시집'이다. 형의 시집을 읽으면 인간의 사랑과 고통에 대한 이해와 긍정의 불빛이 새어나와 우리의 방 안을 환히 밝힌다. 인생이 얼마나 아름다운 것인지, 사랑이 얼마나 소중한 것인지 우리는 그 불빛이 이루는 그림자 아래 모여 앉게 된다. 사랑을 하게 되면 우리들 각자 "슬픈 지도"를 하나씩 지니게 된다는 것을, "바라보는 것만으로도/ 행복"이며 "기다리는 것만으로도 내 세상"이라는 것을, 모래알 하나를 보고도 너를 생각함으로써 "너를 생각하는 것이 나의 일생이었다"는 것을 이해하고 긍정할 수 있게 된다. 그뿐 아니라 "이 세상의 먼지 섞인 바람/ 먹고 살면서 울지 않고 다녀간 사람은 없으므로" 더 이상 울지 말라고 위로하는 위안의 말 또한 들을 수 있게 된다.

형은 프란치스코 성인의 영혼이 깃들어 있는 시인이다. 유월의 "들녘에서 풀잎 하나라도 축을 낸다면/ 들의 수평이 기울어질 것이므로" 애써 발견한 네잎클로버 이파리 하나마저 차마 따지 못하는 시인이다. 비록 그의 육체에 인간적인 약점과 실수의 흔적과 고통의 상처가 깊게 패어 있다 하더라도 그의 영혼만은 꽃과 새와 풀잎과 바람과 이야기하던 프란치스코 성인의 영성이 깃

들어 있다.

나는 정채봉 형을 단 한 번도 시인이 아니라고 생각해본 적이 없다. 시의 마음이 바탕에 깔리지 않으면 동화를 쓸 수가 없다. 형은 '제33회 소천아동문학상'을 받는 자리에서 '중요한 것은 눈에 보이지 않는다'는 생텍쥐페리의 말을 인용해서 "눈에 보이지 않는 메시지를 눈에 보이는 세상으로 보내 주는 것이 문학"이라고 말함으로써 수상 소감을 대신한 적이 있다. 따라서 우리는 이제 형의 시집을 통해서 눈에 보이지 않는 중요한 것을 보게 되었다.

사람은 누구를 만나느냐에 따라 인생이 달라진다. 내가 내 친형제 다음으로 이승에서 만나 인생이 달라질 만큼 형제애를 나눈 이가 있다면 바로 정채봉 형이다.

형은 "죽어서 다음 몸을 받는다면 물새가 되겠다"고 했다. 물새가 된 형과 함께 어느 물 맑은 강가를 거닐며 전생에 있었던 이야기를 도란도란 재미있게 나누고 싶다.

너를 생각하는 것이 나의 일생이었지

초   판 1쇄 발행 2006년 5월 30일
개정증보판 1쇄 발행 2020년 12월 22일
          3쇄 발행 2022년 8월 8일

지은이 정채봉
펴낸이 김성구

콘텐츠본부 고혁 조은아 김초록 이은주 김지용
디자인 이영민
마케팅부 송영우 어찬 김하은
관리 박현주

펴낸곳 (주)샘터사
등록 2001년 10월 15일 제1-2923호
주소 서울시 종로구 창경궁로35길 26 2층 (03076)
전화 02-763-8965(콘텐츠본부) 02-763-8966(마케팅부)
팩스 02-3672-1873 | 이메일 book@isamtoh.com | 홈페이지 www.isamtoh.com

ISBN 978-89-464-2172-1 03810

· 값은 뒤표지에 있습니다.
· 잘못 만들어진 책은 구입처에서 교환해드립니다.

(샘터 1% 나눔실천) 샘터는 모든 책 인세의 1%를 '샘물통장' 기금으로 조성하여
매년 소외된 이웃에게 기부하고 있습니다. 2021년까지 약 9,400만 원을 기부하였으며,
앞으로도 샘터는 책을 통해 1% 나눔실천을 계속할 것입니다.